L'AMOUR

ET

L'ARGENT,

OU

LE CRÉANCIER RIVAL,

COMÉDIE

EN UN ACTE, EN PROSE,

MÊLÉE DE VAUDEVILLES;

Par MM. Chazet, Lafortelle et Désaugiers.

Représentée, pour la première fois, au théâtre de Montansier-Variétés, le 19 floréal an XI.

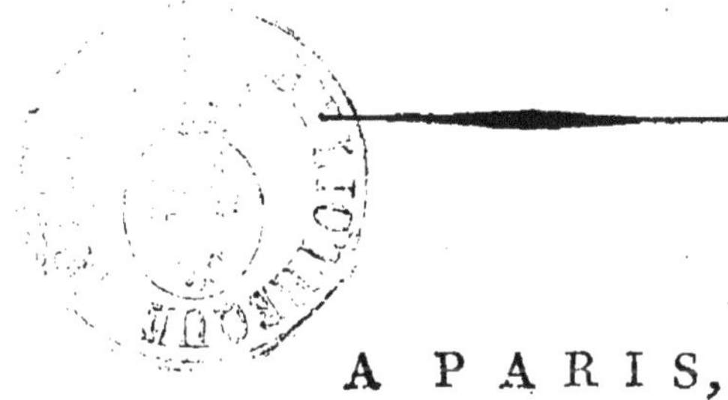

A PARIS,

Chez Barba, Libraire, Palais du Tribunat, galerie du Théâtre Français de la République, n°. 51.

AN XI. — 1803.

PERSONNAGES.	ACTEURS.

JULIE DERLANGE, jeune veuve. Melle *Caroline.*
FOLLEVILLE, son frère. *Frédéric.*
ROSELLE, amant de Julie. *Aubertin.*
STORE, carossier. *Dubois.*
LAFLEUR, valet de M. Store. *Bosq.-Gavaudan.*

La scène se passe à Madrid, chez Julie.

La musique se trouve chez M. Guilbert, passage des Petits-Pères, n°s. 5 et 9.

L'AMOUR ET L'ARGENT,

OU

LE CRÉANCIER RIVAL.

SCENE PREMIERE.

FOLLEVILLE, ROSELLE.

FOLLEVILLE.

En bien! mon cher Roselle, commences-tu à préférer le séjour de Madrid à celui de Paris ?

ROSELLE.

Pourquoi l'ai-je quitté !...

FOLLEVILLE.

Tu es un mortel bien heureux ! Tu arrives il y a un mois, je te rencontre, je reconnais en toi un ami de collège, je te présente à ma sœur, sa beauté t'enchante, je t'amène dans l'hôtel que nous habitons ; tous les jours nouvelles sociétés , nouvelles fêtes , nouveaux plaisirs... Cette nuit encore... n'as-tu pas été énivré..... par le désordre, l'abandon d'un bal magnifique ; ici des femmes charmantes, là des monceaux d'or...

ROSELLE.

Ah ! ne me parle pas du jeu.

Air : *Celui dont la main récompense.*

Le jeu nous coûte bien des larmes ,
Et cache un piège sous des fleurs.

FOLLEVILLE.

Le jeu nous offrant mille charmes
Du sort nous promet les faveurs ;
Regarde ce tapis immense...
Sa couleur même nous fait voir
Le symbole de l'espérance.

ROSELLE.

Pour nous conduire au désespoir.

FOLLEVILLE.

Quelle humeur sombre !... mon cher.

ROSELLE.

N'en ai - je pas sujet ?... Ce bal que tu peins sous des couleurs si séduisantes a été pour moi une source de malheurs. Tu sais que je ne suis venu à Madrid que pour payer dix mille francs que mon père doit à un carossier de cette ville ?...

FOLLEVILLE.

Eh bien ?

ROSELLE.

Entraîné par toi à cette fatale partie...

FOLLEVILLE.

Tu as joué les dix mille francs ?

ROSELLE.

Et je les ai perdus..... Juge de ma position ! c'est aujourd'hui... aujourd'hui même, que d'après un rendez-vous donné , je dois voir arriver ce carossier, M. Store, que je n'ai jamais vu.

FOLLEVILLE.

Ce français établi ici depuis ving ans ?... c'est le vieillard le plus juif, le créancier le plus intraitable...

ROSELLE.

Tu le connais donc ?

FOLLEVILLE.

De réputation ; on le dit même très-galant pour son âge.

ROSELLE.

Comment me débarrasser de ses poursuites ?

FOLLEVILLE.

La somme est un peu forte... Le chagrin te trouble l'esprit, laisse-moi chercher les moyens...

ROSELLE..

Mais...

FOLLEVILLE.

Laisse-moi, te dis-je , et souviens-toi que mon ami n'a rien perdu tant qu'il lui reste Folleville.　　　(*Roselle sort.*)

SCENE II.

FOLLEVILLE, *seul.*

Allons... opposons un front calme à l'orage qui s'apprête ;
j'ai eu autrefois à mon service un certain Lafleur, valet de
M. Store, et je l'emploirai. J'ai fait, sans le vouloir, le malheur de mon ami ; il faut que je le répare.

Air : *La vie la plus jolie.*

Adresse,
Esprit, finesse',
Dont les détours,
Les heureux tours,
Viennent toujours
A mon secours.
J'implore
De vous encore
Un de ces traits,
Dont les succès
Suivent de près
Tous mes projets.

Si j'use
Souvent de ruse
Contre un huissier,
Un créancier
Qui me poursuit
Et jour et nuit ;
Un coup de maître
Me fait connaître,
Lorsque j'agis
Pour des amis
Que je chéris.

Adresse
Esprit, finesse,
Dont les détours,
Les heureux tours,
Viennent toujours
A mon secours.
J'implore
De vous encore
Un de ces traits,
Dont les succès

Suivent des près
Tous mes projets.

Le sot par la tristesse,
Ajoute à sa détresse,
L'insensé la maudit,
L'homme d'esprit en rit.

Adresse , etc.

J'entends ma sœur ; je vais songer aux moyens d'obliger
mon ami.   (*Il sort.*)

SCENE. III.

JULIE , *seule.*

Il n'est pas rentré de la nuit... Dans quelle crainte il me
jette ! Depuis quinze jours je ne reconnais plus Roselle ; je
ne me reconnais pas moi-même...

Air : *Aux montagnes de la Savoie.*

Grâces , talent , esprit , tendresse,
Roselle avait tout pour charmer ,
L'honneur approuvait ma faiblesse ,
Et sans regret j'osais l'aimer.
Il m'assurait de sa constance
Et j'en croyais mon cœur, sa bouche et l'espérance.

Second couplet.

Déjà par la plus douce chaîne,
Mon sort allait être engagé ,
Mais un nouveau penchant l'entraîne ,
Et pour moi Roselle a changé.
L'ingrat , hélas ! fuit ma présence ,
J'ai tout perdu, son cœur , la paix et l'espérance.

SCENE IV.

JULIE , STORE.

STORE , *sans voir Julie.*

Le diable emporte les créanciers, avec leurs scellés.!...

JULIE , *à part.*

Quel est cet original ?

STORE , *appercevant Julie.*

(*A part.*) Ciel ! la surprenante rencontre ! . . . . C'est
elle ! . . . . .

JULIE.

Qui êtes-vous, monsieur ?

STORE.

Ah ! madame, je suis l'adorateur... le carossier...

JULIE, *à part.*

Serait-ce le créancier de Roselle ?... (*haut.*) Qui vous amène ?

STORE.

Mon amour... ma créance... mes dix mille francs... vos appas.

JULIE, *à part.*

Il est fou. (*haut.*) Expliquez-vous.

STORE, *lui remettant une lettre.*

Tenez... lisez, beauté céleste... c'est le 17 mai, à une heure de l'après-midi.

JULIE.

Que signifie... (*à part.*) En vérité, cet homme m'effraie.

STORE.

Les plus jolis souliers blancs...

JULIE, *à part.*

Que dit-il ?...Voyons si cette lettre va m'instruire mieux... C'est l'écriture de Roselle... (*lisant.*) « Je suis chargé, » monsieur, par mon père, de vous payer dix mille francs » qu'il vous doit pour achat de voiture, chevaux, etc... » Votre argent est prêt, et je vous attends demain matin » à neuf heures... précises. »

STORE.

C'est aujourd'hui. (*à part.*) Quelle est belle !

JULIE.

Vous êtes donc M. Store ?

STORE.

Lui-même, madame. (*à part.*) Elle a retenu mon nom.

JULIE, *à part.*

Je respire... Roselle peut donc encore faire honneur à ses engagemens.

STORE, *à part.*

Elle me sourit... (*haut.*) Ah ! madame... devais-je m'at-

tendre à trouver ici réunis les deux seuls objets qui m'inté-
ressent ; mes dix mille francs et vos beaux yeux.

JULIE.

Mais d'où me connaissez-vous donc ?

STORE.

D'où, madame ?

Air : *C'est la cinquième édition.*

Un jour, que de votre maison,
Vous vous élanciez en voiture,
Je vis le pied le plus mignon
Qu'ait jamais formé la nature,
Sa beauté m'enflamme à l'instant,
Surpris, enchanté, je m'arrête,
Et depuis cet heureux moment,
Vos pieds me trottent dans la tête.

JULIE.

Ce compliment est de trop, je vous jure, car vous n'êtes
venu ici que pour Roselle, et ce n'est aussi que pour l'atten-
dre que je reste.

STORE.

Vous restez... ah ! madame, mon amour...

JULIE.

Votre amour... je sors.

STORE.

Vous sortez ?... J'ai une voiture à vos ordres.

JULIE.

Monsieur...

STORE.

Que préférez-vous ?... boghei... garrick... dormeuse ?

JULIE.

C'est une offre...

STORE.

Désobligeante ?...

JULIE.

Oui, monsieur.

STORE.

Je vais donner des ordres à mon domestique.

(*Il veut sortir. Folleville et Roselle entrent.*)

SCENE V.

Les précédens, ROSELLE, FOLLEVILLE.

JULIE.

C'est Roselle !

FOLLEVILLE, *bas à Roselle.*

Du courage, mon ami , tout cela peut se réparer. *(apper-cevant Store.*) Tiens, ce visage - là est ce qui pouvait t'arriver de plus malheureux.

ROSELLE.

Ciel ! M. Store.

JULIE, *à part.*

Comme il a l'air abattu !

FOLLEVILLE, *bas à Roselle.*

Je vais l'entreprendre. (*haut.*) Eh! parbleu... c'est M. Store... on n'est pas plus exact.

STORE.

Je n'ai jamais manqué un rendez-vous ; ah! ah! ah !

FOLLEVILLE.

Sans vous avoir jamais vu , je vous ai reconnu... ah ! ah ! ah !

STORE, *à part.*

C'est mon débiteur.

FOLLEVILLE.

Pour un créancier...

STORE.

J'ai donc une figure...

FOLLEVILLE.

A recouvrement.

JULIE, *bas à Roselle.*

Roselle , vous me cachez quelque chose.

ROSELLE.

Moi ! Julie ?

FOLLEVILLE.

Ma foi , nous avons passé la nuit la plus délicieuse...

JULIE, *à Roselle.*

Au jeu ?

FOLLEVILLE, *à Store.*

Au bal.

L'amour et l'argent. B

JULIE, *bas à Roselle.*

Et vous avez perdu ?

FOLLEVILLE, *à Store.*

Et nous avons dansé... ah !...

JULIE, *bas à Roselle.*

Vous vous taisez ?

ROSELLE, *à Julie.*

Vous savez tout.

FOLLEVILLE, *à Stre.*

Tous les plaisirs à la fois.

ROSELLE, *à Julie.*

Tous les malheurs réunis.

JULIE, *à Roselle.*

Ah ! Roselle...

STORE, *à Folleville.*

Vous allez me payer...

JULIE, *à Roselle.*

Votre perte se monte à...

FOLLEVILLE, *à Store.*

Dix mille francs.

JULIE, *bas à Roselle.*

Dix mille francs !

STORE, *à Folleville.*

Oui, monsieur.

ROSELLE, *bas à Julie.*

Oui, madame.

TRIO.

Air : *Pauvre Jacques.*

Ah ! Julie,
Ne me comdamnez- pas,
De regrets, ma faute est suivie,
Puisque j'ai pu vous affliger, hélas !
N'est-elle pas assez punie.

JULIE, *même air.*

Non, Julie,
Pour vous n'a plus d'appas,
De vous elle n'est plus chérie ;
'our le plaisir, d'un seul instant, hélas!
Fait-on le malheur d'une amié ?

STORE, *avec les précédens chante sur l'air :* du
ballet de Chimène.

Je vais donc recevoir la somme,
L'exactitude me surprend,
Vous êtes, monsieur, le premier homme,
Qui donne de l'argent gaîment.

FOLLEVILLE.

Air précédent.

Quand il a des manières honnêtes ,
Je ne crains jamais un créancier ,
D'ailleurs je n'aime pas les dettes ,
Mais lorsque je dois , j'aime à payer.

STORE.

Si les débiteurs étaient honnêtes
Qu'il serait doux d'être créancier ;
Car , il vaut bien mieux, en fait de dettes,
Les recevoir que de les payer.

SCENE VI.

LES PRÉCÉDENS, LAFLEUR.

LAFLEUR.

M. Store !... M. Store !...

STORE.

Eh bien !... qu'est-ce que c'est ?... Pardon , c'est mon valet... Il faut que ce drôle-là vienne me relancer partout.

LAFLEUR.

Il y a chez vous une dame qui vous demande.

FOLLEVILLE.

M. Store , des amourettes...

STORE.

Quelle est cette dame ?

LAFLEUR.

Dona Clara.

FOLLEVILLE, *bas à Roselle.*

Ta nouvelle conquête...

STORE.

Ah ! ah ! je la servais autrefois... Que me veut-elle ?

LAFLEUR.

Vous louer un garrick.

STORE.

Qu'elle ne me paiera pas mieux que les autres... Qu'elle
attende... (*à Julie.*) Ah ! madame, si elle vous ressemblait ,
j'aurais déjà volé !...

FOLLEVILLE.

Comment donc , de la galanterie !...

LAFLEUR, *donnant une lettre à Roselle.*

Je me suis en même tems chargé de cette lettre pour monsieur...

JULIE, *à part.*

Encore de doña Clara, sans doute ?...

ROSELLE, *à part..*

Elle est de mon rival...

FOLLEVILLE, *bas à Lafleur.*

Ne t'éloigne pas, et songes à ton déguisement....

(*Lafleur sort.*)

JULIE, *à part.*

S'il savait combien je souffre !...

ROSELLE, *après avoir lu sa lettre.*

Un rendez-vous !... J'y cours !...

JULIE, *à part.*

Ciel !... j'avais deviné...

FOLLEVILLE.

Où vas-tu donc ?...

ROSELLE.

Laisse-moi...

JULIE, *avec émotion.*

Vous partez ?...

ROSELLE, *sortant.*

Il le faut.   (*il sort, et Julie rentre.*)

SCENE VII.
FOLLEVILLE, STORE.

STORE.

Ah ! monsieur Roselle, quelle grace ! quelle tournure elle a..

FOLLEVILLE.

(*A part.*) Il me prend pour Roselle... (*haut.*) Oui ....
ma sœur n'est pas mal.

STORE, *à part.*

Sa sœur !... Puisque mon créancier est frère de Julie, ne
pourrais-je pas ?... Oui, parbleu, menons cette affaire-là
grand train.

FOLLEVILLE.

Eh bien ! monsieur Store, est-ce que vous restez-là ?...

STORE.

J'attends mon paiement.

FOLLEVILLE.

Mais, vous oubliez qu'une jolie femme attend votre retour.

STORE.

Que m'importe !... Une seule m'intéresse !

FOLLEVILLE.

Seriez-vous amoureux, monsieur Store ?

STORE.

Ah ! monsieur Roselle, mon argent, je vous prie !

FOLLEVILLE.

Non, non ; répondez moi, vous aimez ?...

STORE.

Mon argent.

FOLLEVILLE.

Je ne vous paierai que lorsque vous m'aurez avoué.

STORE.

Eh bien ! puisque vous le voulez... Sachez que vous voyez en moi le créancier du frère, et l'amant de la sœur.

FOLLEVILLE

De Julie !... Ah ! ah ! ah !

STORE.

Qu'avez-vous donc à rire ?

FOLLEVILLE.

Vous n'y pensez pas, à votre âge...

STORE.

Mon âge ?... c'est un titre de plus en ma faveur.

Air : *O Fontenay.*

A vingt cinq ans, épris de mille belles,
De la constance, on étouffe la voix,
A soixante ans, les amours sont fidèles,
Qu'on aime bien, pour la dernière fois.

FOLLEVILLE.

Le calcul est nouveau.

STORE.

Votre sœur l'adoptera. Elle est veuve, je suis garçon ; elle a de l'esprit, j'ai de la fortune ; elle est gaie, j'aime à rire ; elle aime les promenades, j'ai des chevaux ; les bals, j'ai des voitures. Elle est chez elle : mon notaire est chez lui. Je vais

(14)

le trouver, je l'amène ; il dresse le contrat : je, déchire mon
billet ; le créancier devient époux ; nous nous embrassons, et
nous avons satisfait à la fois , l'amitié , l'amour et la nature..

FOLLEVILLE.

Quel train vous allez !...

STORE.

Oh ! avec moi, il faut que ça roule.

FOLLEVILLE.

Voilà un dévouement que je ne puis concevoir...

STORE.

Ni moi non plus ; mais, c'est comme ça. Dites-moi... à
votre âge, on aime la dépense ?... Dix mille francs ne nui-
raient pas à vos petits arrangemens... Allons, allons, termi-
nons cette affaire, et demain les noces.

FOLLEVILLE.

Vous n'y pourriez pas danser...

STORE.

Quelques rentes de plus , valent bien quelques entrechats
de moins.

Air : J'ai vu par-tout dans mes voyages.

Permis à vous d'aimer la danse ,
Je ne blâme pas votre goût ;
On dit que c'est une science
Qui dans ce siècle mène à tout;
Mais ces amusemens frivoles ,
Pour moi, monsieur, ont peu d'attraits,
Je ne fais pas de cabrioles ,
Mais je fais des cabriolets.

FOLLEVILLE.

C'est plus solide.

STORE.

Il n'y a qu'une chose qui m'arrête ; c'est que Lisette m'a
dit que j'avais un rival.

FOLLEVILLE.

C'est un mensonge.

STORE.

Je veux être un fripon !...

FOLLEVILLE.

Je ne nie pas ce que vous dites ; mais, c'est un mensonge
que Lisette vous a fait.

STORE.

Mensonge ou non ; je n'entends pas qu'on me ballotte.

FOLLEVILLE.

Eh ! donnez-moi le tems de me reconnaître, de disposer ma sœur ; ou, si vous avez tant de craintes, faites mettre les scellés.

STORE.

Des scellés !... Je ne ferai point mettre les scellés ; voilà déjà quatre, cinq', six affaires que je manque comme cela. Mon argent est prêt, on met les scellés, les créanciers arrivent à la file, et j'en suis pour les trois-quarts de ma créance.

Air : *Du Vaudeville d'Angélique et Melcour.*

Non, non, monsieur, d'un tel moyen
Ne croyez pas que je m'occupe,
Je me rappelle, hélas ! trop bien,
Que j'en ai toujours été dupe.
En vain, sur mes droits appuyé,
Je soutiens que ma cause est belle,
Je ne serai jamais payé.

FOLLEVILLE.
Si la justice s'en mêle.

Patientez donc...

STORE.

Tenez, monsieur Roselle, je vois le fin mot... vous n'avez pas l'argent ?

FOLLEVILLE.

Il est dans ce secrétaire.

STORE, *allant au secrétaire.*
En ce cas...

FOLLEVILLE.

De quel droit osez-vous ?...

STORE.

Du droit d'un créancier qu'on vêxe...

FOLLEVILLE.

C'en est trop.

SCENE VIII.

FOLLEVILLE, STORE, LAFLEUR,
sous le costume d'Alcade.

LAFLEUR.

Qu'est-ce que c'est ?... éclats !... violence !... voies de fait !...

FOLLEVILLE, *à part.*

Bon !... c'est Lafleur !

STORE, *à part.*

Voilà un notaire ; cela se rencontre bien... (*haut.*) Soyez le bien venu, monsieur le notaire. Nous allons décider quelque chose maintenant.

LAFLEUR.

Je viens...

STORE.

Je devine ce qui vous amène... C'est moi qui dois...

LAFLEUR.

Ah ! monsieur est le débiteur ?...

STORE.

Au contraire, monsieur ; je suis le créancier ; mais c'est moi qui dois épouser...

LAFLEUR.

Eh bien, monsieur, épousez... Moi, je viens...

STORE.

Dresser le contrat ?

LAFLEUR.

Apposer les scellés...

STORE.

Encore des scellés ?...

FOLLEVILLE.

Chez moi ?.. Ah ! malheureux Roselle !...

LAFLEUR.

Roselle !... précisément, c'est le nom.

STORE.

Mais, monsieur, vous n'êtes donc pas notaire ?... J'ai cru, à votre habit...

LAFLEUR.

Parce qu'il est noir ?... mais c'est aujourd'hui la couleur universelle...

Air : *De la Montferrine.*

Oui, matin et soir,
Le noir
Joint l'éclat à la grace,
En touté saison
Le noir, dit-on,
Est de bon ton.
On se met en noir,
Quand on va voir
Les gens en place ;
Le juge est en noir,
Quand sur són siège
Il va s'asseoir.
Le noir
Fait valoir
Dans le boudoir
Un sein de neige.
Auteur
Et docteur,
Ont adopté cette couleur.
C'est en habit noir
Que l'on épouse ce qu'on aime;
Maint drame, le soir,
Nous a fait voir
Thalie en noir.
Suit-on un cerceuil...
Le noir du deuil
Offre l'emblême,
Et c'est la couleur,
Qu'au bal aime
Plus d'un danseur.
Bref, le noir
S'allié
Au désespoir,
A la folie,
Et, sous cet habit,
On juge, on danse, on pleure, on rit;

STORE.

Mais qui êtes-vous donc ?

LAFLEUR.

Air : *De la Baronne.*

Descommissaires
Dont on vante la profondeur,
Aucun ne m'égale en lumières,

L'amour et l'argent   C

Apprenez que je suis Lafleur...
Des commissaires.

STORE.

Et c'est mon coquin de vallet... qui vous a fait venir?

LAFLEUR.

Pas d'invectives , monsieur.

STORE.

Encore une bévue.!. qu'il me paiera sur ses gages.

LAFLEUR.

Je suis envoyé par vingt créanciers comme vous.

STORE.

Ah! monsieur... vingt créanciers... je n'aurai plus rien.
Comment !... M. l'Alcade , n'y aurait-il pas des moyens...

LAFLEUR.

Impossible... Je suis payé...

STORE.

Vous êtes bien heureux.

LAFLEUR.

Pour procéder , et je procède.

STORE.

Si vous doutez de ma reconnaissance , je vous donnerai
des gages.

LAFLEUR.

Des gages de vous !... ce seraient les premiers que j'aurais
reçus , monsieur... Laissez-moi faire mon devoir.

STORE.

Arrêtez!...

T R I O : des deux Savoyards.

LAFLEUR.

Respect à la justice ,
Ou craignez la prison.

STORE.

Je vous promets un phaëton
Si vous entendez raison.

FOLLEVILLE, *à part.*

Je tiens le juif... le tour est bon ;
Il en perdra la raison.

LAFLEUR.

Il faut, il faut que j'obéisse ,
Et vos cris sont hors de saison.

S T O R E.

Ah ! par pitié ?

L A F L E U R.

Non , non.

S T O R E et F O L L E V I L L E.

Ecoutez-nous.

L A F L E U R.

Non , non·

S T O R E et F O L L E V I L L E.

Ah ! différez !...

L A F L E U R.

Non , non,

S T O R E et F O L L E V I L L E.

De quelques jours.

L A F L E U R , *posant les scélés.*

Non , non ,

Messieurs ; j'ai rempli mon office ,

Respect , ou craignez la prison.

S T O R E.

Ah! quel supplice !

J'en perdrai la raison.

F O L L E V I L L E , *à part.*

Je le vois au supplice ,

Il en perd la raison.

(*Lafleur sort.*)

S C E N E I X.

S T O R E , F O L L E V I L L E.

F O L L E V I L L E , *à part.*

Tout va bien, achevons. (*haut.*) Eh bien ! M. Store, êtes-vous content ?

S T O R E.

Non , de par tous les diables ! quand serai-je payé, à présent ?

F O L L E V I L L E.

C'est votre faute , aussi.

S T O R E.

Ma faute !...

F O L L E V I L L E.

Sans doute ; n'accusez que votre pétulance.

S T O R E.

Ma pétulance !... N'y aurait-il pas moyen de remettre les choses in statuquo ?

FOLLEVILLE, *à part.*

Ah ! la bonne idée ! vîte un petit emprunt, ne fut-ce que pour tenter la fortune avec l'argent d'un sot. (*haut.*) L'Alcade seul peut défaire ce qu'il a fait.

STORE.

Ne le connaissez-vous pas , cet Alcade ?

FOLLEVILLE.

Beaucoup : mais c'est un homme d'une probité scrupuleuse , à l'intérêt près.

STORE.

Intéressons-le , M. Roselle.

FOLLEVILLE,

Avec vingt-cinq louis... mais vous n'êtes pas homme à les donner.

STORE.

Non , parbleu !

FOLLEVILLE.

Vous tenez trop à l'argent.

Vaud. de l'Opéra-Comique.

STORE.

L'argent nous donne du crédit.

FOLLEVILLE.

Voilà pourquoi je n'en ai guère.

STORE.

L'argent nous donne de l'esprit.

FOLLEVILLE.

On voit aujourd'hui le contraire.

STORE.

L'argent nous donne le bon goût.

FOLLEVILLE.

Quand je vous vois cela m'étonne.

STORE.

Et c'est parce qu'il donne tout
Que jamais je n'en donne.

FOLLEVILLE.

Renoncez donc à la main de ma sœur.

STORE.

Quelle extrémité !... Tenez, j'ai bien la somme, la voilà, je viens de la toucher dans l'instant ; mais ne pourriez-vous pas me passer cela à cent écus ?

FOLLEVILLE.

Ah! vous marchandez...

STORE.

Vingt-cinq louis sont bien beaux ; mais votre sœur est si belle !... Allons, allons, j'en ai fait la sottise et je la paie... mais qu'il m'en coûte !

FOLLEVILLE.

J'entends Julie... Je vous laisse tête-à-tête avec elle... Premier prix de votre complaisance.

STORE.

Un tête-à-tête... j'oublie mes six cents francs ; courez chez l'Alcade.

FOLLEVILLE.

Il n'y a pas un instant à perdre... (*à part.*) Si la fortune me seconde , mon ami est sauvé.

SCENE X.

JULIE, STORE.

JULIE, *une lettre à la main.*

Quelle nouvelle !... Ah ! M. Store...

STORE, *à part.*

Elle me cherchait.

JULIE.

Ah ! M. Store... vous avez vu dona Clara, n'était-elle pas avec l'ami de mon frère ?

STORE, *à part.*

Folleville serait-il en effet le rival !... (*haut.*) Pourquoi cette demande ?

JULIE.

Une lettre que je reçois m'annonce qu'il a une affaire d'honneur ce matin.

STORE.

Madame... vous aimez ce jeune homme ?

JULIE.

Moi, monsieur ?... qui a pu vous dire ?...

STORE.

Votre femme-de-chambre , Lisette... je n'invente rien... je ne suis pas capable d'inventer.

JULIE.

Lisette vous a trompé... Qui ?... moi ! j'aimerais un ingrat, un perfide, qui, dans ce moment, expose sa vie pour
une autre femme ?... non , monsieur.

Air : *de Sophie.*

D'une tendresse passagère,
Le charme doit être oublié ;
Mais s'il a cessé de me plaire,
Son sort réveille l'amitié.
Au danger quand l'honneur l'entraîne,
Puis-je lui refuser mes vœux !...
Pour reprendre toute ma haine ,
J'attends que l'ingrat soit heureux.

STORE, *à part.*

Elle ne l'aime pas !... (*haut.*) Adorable Julie!

JULIE.

L'ennuyeux personnage... De grace , répondez-moi.

STORE.

Pourriez - vous craindre d'unir votre sort à celui du plus
riche carossier de Madrid ?

JULIE.

Je ne saurai rien.

Air : *du pas redoublé.*

STORE.

Cédez enfin à la raison ,
Cédez , l'amour vous presse ,
Cédez à ma flamme, à mon nom ,
Cédez à ma richesse ,
Aux vœux du plus fidèle amant ;
Daignez céder de grace.

JULIE.

Faut-il céder absolument.

STORE.

Oh ! oui, madame.

JULIE, *achevant l'air.*

Je vous cède la place.

(*Elle sort.*)

STORE.

Suivons-là ; mais ces scellés qui me retiennent... Lafleur !...

SCENE XI.
STORE, LAFLEUR.

LAFLEUR.

Monsieur !...

STORE.

Connais-tu l'Alcade ?

LAFLEUR.

Comme moi-même.

STORE.

Reste ici , et à son retour tu viendras m'avertir. (*à part.*)
Elle va sans doute au jardin ; encore une attaque et elle se
rend.

SCENE XII.
LAFLEUR, *seul.*

Il la suit et Roselle est absent. Oh ! oh ! M. Store parvien-
drait-il à supplanter ce jeune homme... Ma foi , je ne sais
que penser.

Air : *De la Croisée.*

Mon maître est d'un âge un peu mûr
Pour fixer une jeune femme ;
C'est un magot , le fait est sûr,
Et je le dis sans épigramme;
Mais son or couvre ses défauts ,
Et dans un tems comme le nôtre ;
Chacun sait , en fait de magots ,
Que l'un fait passer l'autre.

SCENE XIII.
FOLLEVILLE, LAFLEUR.

LAFLEUR.

Qu'avez - vous donc , monsieur ?... vous paraissez ému ;
vous serait-il arrivé quelque malheur ?

FOLLEVILLE.

Des malheurs , à moi ?... il n'existe pas un être plus heureux. En sortant d'ici , j'ai été joué , et en quelques coups
de dez, j'ai gagné ce que tu vois. (*il lui montre un paquet
de billets de caisse.*)

LAFLEUR.

Est-il possible ?

FOLLEVILLE.

Et avec vingt-cinq louis que j'ai empruntés à M. Store.

LAFLEUR.

Peste !

Air : *Dans la chambre où naquit Molière*.

Que sette somme d'importance
Devait étourdir le banquier,
Rien ne porte bonheur , je pense,
Comme l'argent d'un usurier.

FOLLEVILLE.

Oui , de ce bénéfice extrême,
Store envain se serait flatté ;
Cet or , n'eût pas tant rapporté
Quand il l'aurait placé lui-même.

(*Il va briser les scellés.*)

LAFLEUR.

Comment , monsieur , vous détruisez mon ouvrage ?

FOLLEVILLE.

Cette somme doit rester là.

LAFLEUR.

Quoi ! vous la destinez...

FOLLEVILLE, *l'interrompant.*

Roselle est ici ?... sans doute...

LAFLEUR.

Lui ?... Eh ! monsieur ; il est, dans ce moment-ci, à se battre.

FOLLEVILLE.

A se battre ?... En effet... tantôt.. cette lettre.... certains mots échappés... Je vole à son secours !   (*il sort.*)

SCENE XIV.

LAFLEUR, *seul.*

Heureusement, l'ennemi de Roselle n'est pas dangéreux..

SCENE XV.
LAFLEUR, STORE.

STORE.

Approche, coquin...

LAFLEUR.

Qu'est-ce qu'il lui prend donc ?...

STORE.

Comment, drôle... tu t'avises de te déguiser en Alcade ?
et de mettre les scéllés sur un secrétaire où il n'y a pas un
sou ?...

LAFLEUR.

Hai !... hai !... monsieur, c'est une imposture...

STORE.

Que tu me dis encore.

Air : *Une fille est un oiseau.*

Je viens d'entendre au jardin
  Lisette dire à Julie,
  L'indigne supercherie
Que s'est permise un faquin,
T'oser jouer à ton maître..
Ah ! scélérat, double traître,
Par ton manège, peut-être,
Je vais perdre tout mon bien,
  Je vais perdre ce que j'aime,
  Je vais perdre l'esprit même.

LAFLEUR.

Monsieur, vous ne perdrez rien.

STORE.

Comment ?... je ne perdrai rien ?...

LAFLEUR.

Non, monsieur ; les scellés sont levés...

STORE.

Cela m'avance de beaucoup...

LAFLEUR.

Vos dix mille francs sont là.

STORE.

Que dis-tu, mon cher Lafleur ?...

L'amour et l'argent   D

LAFLEUR.

Je vous dis qu'ils sont là, je viens de les voir ; renaissez à l'espérance...

STORE.

J'y renais : il n'y a plus que mon rival qui m'inquiète ; je crains un retour de tendressse...

LAFLEUR.

Pour un mort ?...

STORE.

Comment donc, pour un mort ?...

LAFLEUR.

Je connais son adversaire... il a la main malheureuse, avec lui un cartel est un testament.

STORE.

Tu crois que mon rival ?...

LAFLEUR.

N'en reviendra pas. (*il apperçoit Roselle.*) (*à part.*) Le voilà, sauvons-nous.

SCENE XVI.
ROSELLE, STORE.

STORE.

Quest-ce que tu me disais donc, qu'il était mort ; eh bien, où est-il donc ?...

ROSELLE, *voyant Store.*

Ciel ! mon créancier, monsieur Store !...

STORE.

Il a l'air de me craindre ; saurait-il que je suis son rival ?

ROSELLE.

Vous venez pour être payé ?... monsieur.

STORE.

Non, monsieur, je ne demande pas qu'on me paie.

ROSELLE.

Comment ! vous aurait-on dit ?...

STORE.

Oui, monsieur, c'est arrangé, très-bien arrangé...

ROSELLE.

Expliquez-vous...

S T O R E.

Eh bien, monsieur, puisque vous voulez tout savoir; pendant votre absence, on a mis les scellés ici; j'ai donné six cent francs, les scellés sont levés, les dix mille francs sont dans le secrétaire, et ils y restent... est-ce clair?...

R O S E L L E.

Quoi ! monsieur... vous dites qu'il y a là dix mille francs?...

S T O R E.

Oui, monsieur.

R O S E L L E.

Et que vous n'en voulez pas?...

S T O R E.

Non, monsieur.

R O S E L L E.

Il extravague !... De grace, rendez-vous plus intelligible.

S T O R E.

N'est-il pas vrai, que vous n'aimez plus Julie?..

R O S E L L E.

Moi, monsieur !... qui a pu vous le dire?...

S T O R E.

Je le sais de bonne part; elle s'est elle-même expliquée nettement sur votre compte, et vous lui êtes devenu tout-à-fait indifférent.

R O S E L L E.

Qu'entends-je !...

S T O R E.

Et c'est ce qui fait que, d'accord avec son frère, je l'épouse.

R O S E L L E

Tu l'épouse ?... Ah ! traître !... (*Roselle le saisit.*)

S T O R E.

Air : *De Jean Monnet.*

Oui, monsieur, oui, de Julie
J'espère obtenir la main,
Mais lachez-moi, je vous prie,
Ou je dis jusqu'à demain,

D U O.

ROSELLE.	STORE.
Insolent ,	Doucement ,
Dans l'instant	Doucement ,
Renonce à cette chimère ,	Songez que dans sa colère ,
Peux-tu prétendre à lui plaire ,	Un créancier peut vous faire
Toi qui n'aimes que l'argent.	Passer un mauvais moment.

SCENE XVII.

JULIE, ROSELLE, FOLLEVILLE, STORE, LAFLEUR.

FOLLEVILLE.

Qu'est-ce donc ?...

JULIE.

Roselle !... (*à part.*) Je respire !...

STORE.

Vous ?... monsieur Roselle !...

FOLLEVILLE.

Lui-même... Ah ! tu vas te battre sans moi ?...

STORE, *à Folleville.*

O ciel !... Et qui êtes-vous donc ?...

FOLLEVILLE.

Je suis Folleville, le frère de Julie ; mais non pas votre débiteur.

ROSELLE, *à Store.*

C'est à moi seul que vous avez affaire.

STORE.

Ah ! je suis joué, ruiné ; je perds ma créance, mes six cent livres et Julie.

FOLLEVILLE.

De la modération...

STORE.

Non, monsieur, je vais me porter aux dernières extrémités...

ROSELLE.

Eh quoi ! monsieur Store, voudriez-vous écrire à mon père !...

FOLLEVILLE.

Et pourquoi pas ?... monsieur peut écrire...

ROSELLE.

Ah ! Folleville , devrais-tu rire ainsi de ma situation ?

FOLLEVILLE.

Ta situation !... mais elle n'est pas malheureuse , et puisque tu dois , il faut payer.

STORE.

C'est bien dit.

ROSELLE.

Je ne le puis.

FOLLEVILLE.

Soyez tranquille , M. Store , il a votre argent.

ROSELLE , *à Folleville.*

As-tu oublié que je l'ai perdu ?

FOLLEVILLE.

Dis-donc que tu l'as gagné.

ROSELLE , *à Store.*

Non , monsieur , il n'est plus tems de feindre ; apprenez
que j'ai disposé de la somme qui vous était destinée , et qui
était même dans ce secrétaire... Pour vous en convaincre....
(*il prend la clef du secrétaire des mains de Folleville et l'ou-
vre.*) Ciel ! que vois-je !...

STORE.

Mes dix mille francs ! mes dix mille francs !

ROSELLE.

Comment se fait-il ?...

FOLLEVILLE.

Ce que la fortune t'a enlevé hier , elle me l'a rendu ce
matin.

ROSELLE , *embrassant Folleville.*

Ah ! mon ami.

FOLLEVILLE.

Ce n'est pas moi , c'est M. Store qu'il faut embrasser.

STORE.

Comment ?...

FOLLEVILLE.

C'est l'intérêt de vos six cent francs.

STORE , *regardant les papiers.*

Ils y sont aussi... mais notre arrangement subsiste. D'un

côté voici les dix mille francs que je vous abandonne... de l'autre, belle Julie...

JULIE.

Arrêtez, monsieur.

Air : *J'ai vu partout dans mes voyages.*

A votre espoir, l'amour s'oppose,
Monsieur, vous me pressez en vain ;
De mon cœur un autre dispose,
Puis-je disposer de ma main ?
Avec art, peignant la tendresse,
Cent fois, un infidele amant,
Ma juré de m'aimer sans cesse,
Et c'est moi qui tient son serment.

ROSELLE.

Ah ! Julie... oubliez l'erreur d'un moment.

FOLLEVILLE.

M. Store... gardez vos dix mille francs.

STORE.

Hélas !... c'est ma seule consolation. (*à Lafleur.*) Pour toi, coquin, je te donne ton congé.

LAFLEUR:

Au contraire, monsieur, c'est l'Alcade qui vous congé-die, car j'appartiens à madame.

FOLLEVILLE, *à Lafleur.*

Et Lisette t'appartient.

VAUDEVILLE.

Air : *Vaud. de Lui-même.*

ROSELLE.

Quand je vous dois tout mon bonheur,
Mon cœur me défend de me taire,
Je dois mon pardon à la sœur,
Et je dois mon honneur au frere.
Femme charmante, ami discret,
Je sens tout le bien que vous faites,
Mais je sens aussi qu'il faudrait,
Plus d'un cœur, pour payer deux dettes

LAFLEUR.

Le vieux Damon, froid soupirant,
Apôtre et dupe d'hyménée,
Au destin d'un objet charmant,
Nâguère unit sa destinée ;

Mais tandis que ce vieux jaloux
Languit dans ses ardeurs muettes ,
Souvent de l'insolvable époux ,
L'amant paie en secret les dettes.

STORE.

Autrefois tous mes billets doux
Valaient mieux que lettres de charge ,
J'étais la terreur des époux ,
J'ai soixante ans , l'amour se venge ;
Envain à nos jeunes beautés
Je veux encor conter fleurettes;
Tous mes billets sont protestés
Lorsque je veux payer mes dettes.

FOLLEVILLE.

On achete tout à crédit
Pour peu qu'on ait de la fortune ,
On a maisons , chevaux , habit ,
Bonne table et surtout voiture.
Mais à l'aspect du créancier ,
On sent les fautes qu'on a faites ,
S'il ne fallait pas les payer
Quel plaisir de faire des dettes.

JULIE.

Un auteur doit joindre le goût
Au sel de la gaîté légere ,
Il doit vous distraire , et surtout
C'est par l'esprit, qu'il doit vous plaire.
De l'esprit et de ses leçons
Ou voit en vous les interprètes ,
C'est en vous empruntant des fonds,
Qu'il pourrait vous payer ses dettes.

FIN.